KB173399

푸른, 숨

푸른, 숨

푸른, 숨

이주영 시집

도서출판 문화의힘

석양이 아름다운 까닭은
하루를 살아낸 고단함이
가치롭게 빛나기 때문일 것입니다

시간은 삶의 모든 것들을 끌어안고
과거와 현재에 골고루 섞여
멈추지 않고 흘러갑니다
슬픔도 기쁨도 오롯이 나의 몫이 되어
흘러오고 흘러갈 시간들 앞에서
좀 더 너그럽고 환해진 마음으로
순하게 귀 열어
세상을 바라보려고 합니다.

눈감고 귀 닫고
꽃이 피었다 지는 순리를 역행했던
긴 세월이 팔랑거립니다.
침묵을 깨고 다시 싱싱한 문장이
튀어 오르기 시작합니다

삶의 이유가 되어주는
손자 손녀들
그리고 늘 곁에서 힘이 되어주는
가족들과 친구들
저를 아끼고 사랑해 주시는 모든 분들께
보답하는 마음으로
남은 삶을 희망으로 재단하며

황혼의 길목을
정맥 같은 푸른 문장으로 채워 주시고
늘 용기와 힘이 되어 주시는
우송 박만수 님께도 감사와 사랑의
마음을 전합니다.

2024년 여름

제1부 푸른, 숨

제2부 이별을 팔아 봄을 샀다

제3부 아버지의 운동화

제4부 오래된 습관

제5부 사랑의 과거형

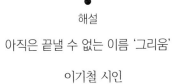

해설

아직은 끝낼 수 없는 이름 '그리움'

이기철 시인

아직은 끝낼 수 없는 이름 '그리움'

이기철_ 시인

시인으로 먼저 데뷔한 가수 레너드 코헨이 부른 「송가頌歌」에 이런 가사가 나온다.

'모든 것엔 금이 가 있다. 그래야 빛이 들어온다.'(There is crack in everything, That's how the light gets in.)

김수영 시인이 쓴 「사랑」이란 시에는 '번개처럼/ 번개처럼/ 금이 간 너의 얼굴은'이라고 써뒀다. 세상에 온전한 것보다 조금은 부서진 것들이 더 마음을 치게 한다. 상처 혹은 추억을 들춰본다는 일은 아주 나중에 용기를 얻어 가능하지만 치유 과정이기도 하다. 하지만 사라지지 않는 스티그마타(stigmata, 상흔)임을 부인할 수 없다.

이주영 시인의 두 번째 시집 『푸른, 숨』을 읽는 내내 그 생각을 떨쳐낼 수 없었다. 4년 전 낸 첫 시집 『동백꽃』에서 보여준 슬픔이 그대로 따라와서였다. 그때 시인은 이런 말을 남겼다. '세상을 다 잃은 것 같은 암흑의 시간이 있었다. 기억을 닫아도 차오르는 이름 때문에…' 이유는 자명하다. '그리움'을 안고 살아야 하는 운명이 앞에 놓여 있었기에 말이다. 차마 잊지 못한 말은 '언어'라는 흙을 빌려 시로 빚어내는 일이다.

이번 시편들을 꾸미면서 고백하듯 던져 놓은 말. '시간은 삶의 모든 것들을 끌어안고 과거와 현재에 골고루 섞여 멈추지 않고 흘러갑니다. 슬픔도 기쁨도 오롯이 나의 몫이 되어 흘러오고 흘러갈 시간 앞에서 좀 더 너그럽고 환해진 마음으로 순하게 귀 열어 세상을 바라보려고 한다'고.

제목이 「푸른, 숨」이 된 이유도 단박에 알아챘다. 블루(blue)는 우울감을 털어내고 자신감을 가지게 하는 색이다. 또한 원초적이면서 생명을 상징하기도 한다. 아메리칸 원주민들은 이 색을 '하늘', '평안'이라 여겼다.

'푸른'에서 쉼표를 넣어 한 박자 쉬고 '숨'을 내쉰다. 아니 들이마시는 상황인지도 모르겠다.

어둠은 서로의 체온을 나누기 위해
적막을 끌어안는다

낮게 내려앉은 밤의 소리들이
불나방처럼 날아와
새벽을 훔치기 시작했다

길을 찾는 그믐달은
아직 발자국을 떼지 못했지만
몸을 달싹이는 태초의 소망 몇 가지가
보름달을 애타게 기다리고 있다

무겁게 걸쳤던 어제의 굴레를 벗어놓고
말갛게 흐르는 은하수를
온몸 가득 퍼 담았다

냉기에 시달리던 과거를 씻기자

13

목련꽃 속살같이 피어나는 낱말들
상처를 동여맨 날숨의 순도에
녹색불이 켜지고
안에서 푸른 숨이 튀어나왔다

과거와 현재를 알맞게 버무린 그 길에
내 삶을 끌어안은 돋을볕 하나
부시게 걸어오고 있었다

- 「푸른, 숨」 전문

'내 삶을 끌어안은 돋을볕'은 '돋을 별'로 읽힌다. 한 줌 햇살이라도 아쉬운 심정이 절절히 나타난다. '상처를 동여맨 날숨의 순도'는 과연 몇 퍼센트인가? 아주 조심스럽게 세상으로 내딛는 발걸음이 느껴진다.

무장武裝한 상태에서도 허虛를 찔리는 일은 속수무책에 이른다. 이전 상태로 돌아갈 수밖에 없는 상황에 놓인다. 이제는 썰물인 줄 알았는데 어느새 발목을 차고 오르는 밀물임을 눈치채는 순간 다잡고 있었던 저편에 밀쳐두었던 기억이 노을처럼 번지듯 지난날을 붉게 물들인다. 자신을 추스르는 일, 그리 쉬운 일이 아니다. 시간이 지나야 비로소 큰 숨이 쉬어지는 법이니깐.

1집에 이어 2집에서도 여러 이름을 단 꽃들이 등장한다. 능소화, 목련, 해바라기, 들국화, 분꽃, 장미 등. 이번에는 유난히 의미심장한 열 꽃, 마중 꽃, 당신 꽃이 추가됐다. 상상으로 꽃말까지 만들어보면 온통 그림이 되고 글 이음이 되고, 그리움

14

이 된다. 꽃말은 영국 빅토리아 시대에 식물에게 특별한 이야기를 만들어 부른 결과다. 이렇듯 어떤 일을 다른 일에 반영해 나타냄을 비유적으로 이르는 말인 투영投影을 통해 속마음을 전한다. 예를 들면 수선화는 '자존심', 아네모네는 '배신' 등. 이 시인이 특히 사랑하는 동백꽃은 '누구보다 그대를 사랑합니다'. 이를 '당신 꽃'이라 부르기에 부족함이 없다.

  – 사랑합니다
  동백꽃말 빨갛게 웃는다

  수천 날
  꽃이라 부를 수 없었던,
  명치끝에서 피다 만 문장

  번져 나오는 푸른 멍울 안으로 가두고
  침묵으로 피우던 아린 언어

  사랑했었다는 말
  과거는 뜨겁게 피었다 지고
  후두둑 떨어져 내린 꽃말들
  제 갈 길 찾을 때

  건널 수 없는 강 저편에서
  맞닿을 수 없는
  하늘과 땅 사이에서

  홀연히 피었다 지는

당신 꽃

- 「당신 꽃」 전문

이번 시집에서 '푸른'이란 단어가 자주 나타난다. '늘 푸른'이
라 읽히기보다 그리되고 싶다는 소망이 얹혀 있다. 멍도 푸르
고 하늘도 푸르지만 속울음 삼킨 지난날을 '눈물체', '피땀체'
로 그려낸다. 살다 보면 매번 나쁜 일만 일어나지 않지만 기쁜
일은 무시하거나 쉬 잊게 되고 슬픈 일은 좀처럼 지워지지 않
는다. 하지만 '막다른 길'이란 없다. 길이 없으면 만들어 가면
되고 절망에 서면 희망을 꿈꾸면 된다.

그리스어 '아포리아'(aporia)는 문제를 탐구하는 도중에 부딪
치게 되는 해결할 수 없는 어려운 문제를 방법이나 관점에서
새로이 탐구하는 출발점으로 삼는다는 의미다. 그런 점에서
이번 시집에서는 새로운 길이 보인다는 말이다.

우화를 꿈꾸던 너는
꽃상여에 매달려
한 마리 나비로 날아갔다

그 후로 기억이 역류할 때마다
몸속엔 빙하가 쌓여 갔고
긴긴 시간 깊은 겨울이었다

휘어진 세월 저편에
먼지처럼 켜켜이 쌓인 쓸쓸을
가만히 만져 보다가
생의 저편을 생각하기도 했다

강물 같은 세월이 몸을 뒤척일 때마다
이별에 갇힌 상흔들이
하얗게 쏟아져 나왔다

강산이 몇 번 출렁이고
꽃이 피었다 지는 이유를 알고 나서
강물의 뒤척임이 고요해질 때

가슴을 짓누르던 빙하가
뜨겁게 용해되고
드디어 나의 문장에도
정맥 같은 첫 줄이 쓰이기 시작했다

눈가의 습기가 마르던 그해
나는 이별을 팔아
이순耳順의 봄을 샀다

　　　　　　　　　　　　- 「이별을 팔아 봄을 샀다」 전문

　눈물은 정화수다. 슬픔과 상처를 녹여주고 씻어낸다. 실컷 울고 난 뒤 찾아오는 평화를 느껴본 적 있는가? 시인도 그런 다리를 건너왔다. 하여 마침내 '정맥 같은 첫 줄'이 발견되어 '문장文章'이 '훈장勳章'으로 주어진 것이다. '눈가의 습기가 마르던 그해', 필요했던 용기를 다시 얻은 셈이다. '귀가 순해진다'는 이순耳順의 나이를 지나니 스치듯 지나간 장면이 오롯이 되살아나 새길 찾기가 가능해졌으리라. '자라지 않으면 사랑이 아니다. 키우지 않으면 사랑이 아니다'라고 말한 작가가 있다. 사랑은 사량思量, 생각하는 양이다. 비단 이제 실체가 없다

하더라도.

이번 시집에서 전반부는 과거를 회상하다가 후반부로 갈수록 인연(가족, 지인 등)을 반추反芻한다. '원초적 그리움', '달', '낯선 여자', '동병상련'. '바람과 억새' 등은 이제 내려두고 사람과 사람 사이에서 그녀만이 풍길 수 있는 향기를 전한다. 시 낭송가로도 왕성한 활동을 하고 있는 것으로 안다. 낭송가는 '시인의 심장을 이해하는 자'다. 구절양장九折羊腸 같은 사연을 나눠주는 역할이기 때문에 준비하는 이, 듣는 이도 공감하기에 이른다. 이제 시인은 새로운 인연에 닿은 지 오래다.

기필코 만나야 하는 인연이 있습니다

주름진 생의 길목 펼쳐 놓고
놓지 못할 운명의 끈 찾아
길을 나섭니다

붉은 인연으로 묶여 끊을 수 없는 실
한 올 한 올 그 끝을 따라가면
그대에게 닿는 길이 있습니다

길을 헤매다 어둠이 앞을 막는 날에는
가슴에 박히는 적막한 그리움을 안고
오작교를 건너기도 합니다

태초에 이어진 그대와의 연緣
닿는 길 멀고 험해도

기어이 닿아야만 하는 한 줄기 염원

그대
부디
그 실
놓치지 말아요

- 「붉은 실」 전문

최근 시인은 외손녀를 맞이한 것으로 알고 있다. 고생한 딸이 안겨 준 생명, 이제 며느리 출산도 이어져 손자 손녀 다섯 명을 두게 된 멋진 할머니다. 태어남, 이 거룩한 일 앞에 애절한 기도는 아주 긴 기억 하나를 기어이 *끄*집어낸다.

봄볕 아래
그녀가 해산을 하고 있다

묵직한 산고의 신음이
터진 입술 사이로 하얗게 배어 나온다

강보에 쌓인 아가의 볼 위로
봄 햇살 툭

우주가 열렸다

- 「목련꽃 해산」 전문

시인의 어깨는 무겁다. 쓰는 일, 해석하는 일, 전달하는 일에 치여 산다. 막 던지는 말은 허공에 흩어지고 말지만 깊은 사유思惟는 '두루'에게 관심을 가지는 자세다. 자신만 챙기는 행위는 바람직하지 않다. 과거와 현재, 미래로 이어지는 징검다리 구실을 할 수 있어야만 한다. '깨달음' 시초는 가족에서 출발한다. 아버지가 남긴 운동화에서 '분화구처럼 솟구치는 그리움'은 평생 각인되어 어떻게 살아야 할지를 재는 가늠자가 된다. 늘 '뒷줄'이던 아버지가 '앞줄'에 등장할 때 먹먹한 마음은 어찌 감당하나? 잊고 있던 존재를 소환한다는 일은 아쉬움과 후회가 범벅되어 있다. 이제야 그 '흔적'을 찾아낸 송구스러움 말이다.

누구의 흔적일까
백화점 진열대에 반듯하게 놓여진
하얀 운동화 한 켤레

한참을 멈춰 서서 분화구처럼 솟구치는
그리움을 소환해 본다

빙판처럼 반질하게 닳고 닳은
낡은 삶 한 켤레
치열하게 살아냈던 한평생이
툇마루 밑에서 걸어 나왔다

천근이었을까
만근이었을까
어깨에 매달린 삶의 무게

퇴근길엔

병아리 같은 자식들 입에 물릴
단내 나는 과자봉지 손에 들고 오시던,
활처럼 휘어진 등 뒤로
그림자처럼 따라다니던
당신 이름 아버지

날그림자 내려앉은 밤이면
훤히 들여다보이는 해진 밑창이
당신의 마음 같아
남몰래 가슴에 품어 보던 어린 날

이제야 당신의 나이가 되어서
탯줄처럼 이어진 길을 따라가다
반듯한 이정표로 걸어가신 당신을 봅니다

진열대 위에 놓인 운동화처럼
희고 깨끗했던 당신의 생生을

         – 「아버지의 운동화」 전문

 70편이 수록된 『푸른, 숨』은 한결같은 메시지를 던진다. 그 중심에 '그리움'을 두고. 성장한 자식들은 이미 재금낸 지 오래지만 가르침은 끝나지 않는다. '우리'라는 울타리는 점점 더 확장되고 있으니 말이다.

 사는 일이 고해苦海라고 하지만 그 고통스러운 바다를 헤치고 나가는 힘은 '똘레랑스' 정신이다. 흔히 관용으로 표현하지만, 상대방을 있는 그대로 받아들이는 일이고 견뎌내는 힘이다. 아버지에서 손녀로 이어지는 가르침, 시인도 삶이 순해지고 있음을 증명한다. '늙어간다'는 말은 가당치 않다. 삶은 늘 새순을 내고, 새싹이어서 아주 견딜 만한 '나이'일 뿐이다. 경험치만큼 말을 하고 쓰게 되는 시간이 오면 과거는 물처럼 흘러가게 마련이다.

뻐꾸기 섧게 울어 쌓더만
한 생이 유월의 녹음 속으로 졌다
네 살 된 손녀는
빼닫이를 만지며 뻐꾸기처럼
할머니를 불러 쌓는다
손녀는 워킹맘 대신해
태어나서부터 이모할머니 손에 자라
할머니의 말투를 배우며 네 살이 되었다
말을 배우기 시작하면서
곧잘 재잘대던 손녀는
어느 날 내게 '빼닫이' 하면서
열어 달라고 했다
말을 배우는 중이었으므로
가끔 만나는 나는 손녀와의 대화에
늘 통역이 필요했다
그러나 빼닫이의 발음은
언제나 정확했다
어린 손녀는
생을 놓으신 할머니의 부재를
아는 것일까
영원 속으로 잠길
할머니의 빼닫이를

떨리는 손끝으로 만져 보았다
고사리 같은 작은 손이
내 손등 위로 포개졌다

- 「손녀와 빼닫이」 전문

시편은 그리움 파편만 탑재되어 있지는 않다. 애틋한 이야기
도 있다. 풍문風聞은 한 사람을 매장埋葬시키기 충분하다. 사정
과 사연은 저마다 애절하고 절절함에도 불구하고 그러하다.
'옆집 정옥이 언니'는 예뻤다. 그녀는 졸업하고 무작정 상경했
다. 그렇게 떠난 사람 뒤로 확인되지 않은 말 설사를 쏟아냈던
이들에게 놀랄 만한 일이 벌어진다. 다시 나타난 '정옥 언니'는
또 한 번 '작은 시골 동네를 들썩이게' 만들었다. 이제 소문은
일파만파, 행간에 놓인 수상한 눈치를 거두지 않지만 시기와
질투도 섞여 있다. '떡뚜꺼비 같은 아들'과 '새빨간 세단' 이면
裏面을 읽어내려는 부질없는 욕망들. 언니는 그들에게 해명도
하지 않았지만 당당하게 자신을 세우는 데 성공했다.

여기서 지레짐작으로 평가하는 일에 과감히 반대하는 시인
정신을 본다. '편'을 든 게 아니라 '이편과 저편'을 이미 잘 알고
있어서다. 한쪽만 보려는 버릇은 오랜 역사를 가졌다. 입으로
공평무사公平無私를 외치면서 말이다.

소슬바람에
앞가슴 봉긋하게 솟은 분꽃 향기
마당에 부려놓던 밤

열 하고 아홉 살

꽃보다 더 뽀얗게 피던
옆집 정옥이 언니가
여고를 졸업하자마자
서울로 떠났다

초가지붕에 기대앉은 달그림자
깜깜한 골목길로 뛰어들고

손바닥만 한 가방을 멘 정옥 언니는
분꽃 하얗게 분칠하는 저녁
꽃보다 더 흥건하게 젖은
저물녘을 데리고
그렇게 고향을 떠났다

소문은 낭자하게 많은 밤들을
흔들어 놓았다
온 동네 주인 없는 실연失戀들이 밤낮없이
골목을 누비고 다녔다

소문이 동안거에 들 무렵
정옥 언니는 떡두꺼비 같은 아들과
새빨간 세단을 타고 분꽃 흐드러진 밤
바람처럼 돌아왔다

작은 시골 동네가 들썩이고
마당에 분꽃들 일제히 출렁이는 밤이었다

- 「분꽃 피던 밤」 전문

아르헨티나 소설가이자 시인이었던 호르헤 루이스 보르헤스는 시립도서관에서 사서司書로 시작해 우여곡절이 많았지만 국립 도서관 관장으로 취임했다. 윌리스 반스톤 작가와 나눈 인터뷰집 『보르헤스의 말』에서 이런 질문을 받는다. "시는 책 속에만 존재한다고 믿습니까?" 그는 대답하길 "왜? 우리가 종이를 묶어 만든 책을 심각하게 받아들여야 하나요? 그럴 이유가 없어요. 시는 말을 넘어 존재한다고 생각해요. 말은 단지 상징일 뿐이니까요. 시는 말의 음악성 속에 존재하는 거예요."

마지막으로 묻고 싶은 말, 하고 싶은 말을 둔다. 톨스토이는 '사람은 무엇으로 사는가'를 화두로 던졌다. 변용해서 이렇게 질문하고 싶다. '그렇다면 시인은 무엇으로 사는가'. 필자는 이주영 시인이 잘 쓰겠다는 마음을 넘어 더욱 '나눔'이 충만한 분이었음 좋겠다. 이미 그러하지만 '이미'를 넘어 '그 너머'를 볼 수 있는 혜안이 더 중요함을 지녔으면 한다. 잔잔한 호수도 조약돌 하나 던지면 파문波紋이 일어 저 끝까지 가서 닿는다. 이제 여름이다. 마지막 시 한 편이 이주영 시인 결심으로 읽혀 뜨겁다.

일생이 절창絶唱이다
사랑에 바친
시절 목숨

-「매미」 전문

푸른, 숨

제1부

푸른, 숨

마중꽃

사랑인가 봐요

기다림의 사유가 깊을수록
그리움도 짙어져

꽁꽁 싸매두었던
앞섶 풀어 마중합니다

당신 오시는 길목에
성숙한 향기로 서 있을게요

꽃샘이 길을 막아도

마음과 마음 사이

사랑한다는 말은
하지 않아도 괜찮아요
반달 같은 그대 눈을 마주보면
알 수 있으니까요

보고 싶었다는 말은
애써 감추어도 괜찮아요
웃고 있는 당신의 입술에서
분꽃이 피니까요

그래도
가끔은 소리 내어 들려주세요

눈을 감아도 훤히 알 수 있는
단 하나의 목소리로

그대 내 곁에 있음을
느낄 수 있도록

그대라는 이름을 안고
오늘을 살아낼 수 있도록

푸른, 숨

어둠은 서로의 체온을 나누기 위해
적막을 끌어안는다

낮게 내려앉은 밤의 소리들이
불나방처럼 날아와
새벽을 훔치기 시작했다

길을 찾는 그믐달은
아직 발자국을 떼지 못했지만
몸을 달싹이는 태초의 소망 몇 가지가
보름달을 애타게 기다리고 있다

무겁게 걸쳤던 어제의 굴레를 벗어놓고
말갛게 흐르는 은하수를
온몸 가득 퍼 담았다

냉기에 시달리던 과거를 씻기자
목련꽃 속살같이 피어나는 낱말들
상처를 동여맨 날숨의 순도에
녹색불이 켜지고
안에서 푸른 숨이 튀어 나왔다

>

과거와 현재를 알맞게 버무린 그 길에

내 삶을 끌어안은 돋을볕 하나

부시게 걸어오고 있었다

새벽을 기다리며

서로의 상처를 보듬기 위해
적막을 끌어안는 밤

내려앉은 한낮의 시름들이
불나방처럼 날아와
하루를 부려놓기 시작했다

몸을 달싹이며
태초의 소망 하나 품은 조각달
보름을 기다리는 동안
아프게 걸쳤던 어제들을 벗어 놓고
허리가 휘도록 말갛게 흐르는 은하수를
온몸 가득 퍼 담았다

옹이진 과거가 씻겨 나가고
청량해진 날숨의 순도가
어둠을 잠재우자

환하게 달려오는 통통한 새벽 여명
드디어 내 안에서
푸른 숨이 튀어 나오기 시작했다

민달레 연서

어느 날
홀연히 날아온 풀씨 한 톨

천리 길 달려온 그대 마음 같아
창가에 고이 두고

날마다 눈맞춤 하였더니
나를 보고 웃네

샛노랗게 터트린 웃음 하나로
나는 세상을 다 가졌네

*민달레: 민들레의 방언(경남)

당신 꽃

- 사랑합니다
동백꽃말 빨갛게 웃는다

수천 날
꽃이라 부를 수 없었던,
명치끝에서 피다 만 문장

번져 나오는 푸른 멍울 안으로 가두고
침묵으로 피우던 아린 언어

사랑했었다는 말
과거는 뜨겁게 피었다 지고
후두둑 떨어져 내린 꽃말들
제 갈 길 찾을 때

건널 수 없는 강 저편에서
맞닿을 수 없는
하늘과 땅 사이에서

홀연히 피었다 지는
당신 꽃

증표

삽목한 베란다 동백은
꽃대궁 밀어 올렸는데

알 듯 말 듯 그 사랑
미로 속 같아

현미경으로
들여다본 마음속

앗
심장에 하나 둘
피어나는 열꽃

그대를 향한
큐피드 화살촉
장전 중이네

보름달로 오세요, 그대

그립다는 말은 꼭꼭 씹어 삼켰다
휑한 눈으로 열닷새

뱉지 못하고
수척해진 서설敍說
오늘밤 풀어 놓기로 했다

어떤 얼굴로 올까
온몸의 세포 꽃 되어
마중하는 날

해바라기 꽃 환하겠다
소원 꽃 만발하겠다

그대 오시는 보름밤에

*해바라기 꽃말: 그리움

민달팽이

저물녘을 데리고 돌아와
낮의 허물을 벗어 놓는다

온몸으로 지고 온 하루를
지붕 없는 달빛 아래 부려놓고
살갗에 패인 상처를 끌어안는 밤

실오라기 하나 걸치지 않은
새벽이 올 때까지
몸속의 수액을 뽑아
내일을 벼리는

나는 민달팽이

어떤 이름

네 이름을 부르면
찬란한 슬픔이 역류하지

겨울나무 가지에 피는
하얀 이름 상고대처럼

하루를 버틸 수 있는 건
어느 하늘 아래서
네 이름 석 자가 숨 쉬고 있기 때문이야

깊은 우물 속에서
푸른 물감으로 번지는 추억을 건져
오선지에 그려 넣으면
너는 얼음꽃
투명한 노래가 되지

세상에서 가장 아름다운 통증
첫
사
랑

나목

허영의 옷을 벗고
나신裸身으로 섰다

유배된 계절 속에서
부끄럽지 않은 과거를
뿌리로 받치고 맨발로 서서
하늘로 뻗는 겨울나무

칼날 같은 바람
가슴을 헤집어도
우리 하나될 수 있다면

응축된 그리움
나이테로 감싸 안고
봄 햇살 툭
가지마다 입맞춤할 때

너와 손잡고
푸른 혀로 휘감아
온 누리 꽃눈 틔우리

약속

돌아온다고 했다
마당에 감나무 홍등 켤 때쯤

골목 끝 길게 누운
바람의 소맷자락을 붙잡고
네 소식을 물었다

잊으라는 말은 입속에서 죽었다
잇는다는 말로 다시 태어날 것이므로

마당에 실핏줄 터진 감잎
붉어진 눈시울로 세월을 매달고
아직 너를 기다리는 중이다

소박한 기도

신록이 햇살처럼 번지는 날에는
그대와 손잡고
푸른 꿈을 꾸겠습니다

상추 잎 같은 넉넉함으로
마음을 채우고
나무가 내어준
청량한 그늘 아래서
감사의 기도를 올리겠습니다

안으로
안으로
달큼함을 부풀리는 과실처럼
그대와 나의 삶
양분으로 채워
살찌우겠습니다

청빈한 그리움마저
견우와 직녀가 되는
칠월에는

장미를 훔치다

너를 만지고 말았다

심장에 박히는 강렬한 통증

네 향기에 익사해도 좋을

오늘

Memory

어둠에 갇혔던
비밀의 문을 열자
수만 마리의 나비 떼가
불꽃처럼 날아 올랐다

신열에 섞여 토해내는
뜨거운 날숨
아, 들숨

씨실과 날실로 엮인 붉은 연을
따라가다
생의 한 토막을 펼쳐 놓으면

못 다한 우리들의 이야기가
뭉글뭉글 걸어 나오곤 했다

푸른, 숨

제2부

이별을 팔아 **봄**을 샀다

바람 길

출구를 찾지 못한 통로는 축축했다

빛은 사라지고
생각마저 갇혀버린
안과 밖의 경계에서
날아오르지 못한 언어 떼들이
말을 잃어갔다

순환을 멈춘 시간들,
촘촘히 짜인 그물 속에서
튀어 오르다 추락한 자유
입술에 닿으면 퍼덕이다 소멸되는 날갯짓

경계를 허물어야 했다
창백해진 안에서
꿈틀대는 밖으로 촉수를 길게 뻗었다
그러자
벽 속에 갇혀 있던 푸른 낱말들이
일제히 새싹처럼 돋아나기 시작했다

들릴 듯 말듯 경계를 넘나드는

나지막한 바람의 숨소리
그 숨길을 따라 천천히 밖으로 걸어 나왔다

드높은 창공 위로 비상을 꿈꾸던
새 한 마리
휘이휘이 바람 길을 내고 있었다

안부

안녕
난
괜찮아요

그대도
괜찮은가요

안녕
마침표 되어
입속에서 소멸될까봐
더 늦기 전에
묻고 또 묻고 싶은 말

그대
안녕하신가요

봄 편지

품었던 연정

가슴 열어

꽃으로 피우니

천리 밖

그대에게

향기로 닿기를

금요일 오후 다섯 시

시간을 수정한 삶들이
녹음 속으로 천천히 걸어 들어갔다

짙어진 칠월의 숲에선
수컷의 향기가 났다
블루 드 샤넬 같은

바람의 통로마저 막아버린
도시의 시간 속에
기울어져 가는 하루의 생을
붙잡는 금요일 오후 다섯 시

배춧잎처럼 절여진 그리움
망연히 만져 보다가

낮과 밤이 공존하는 자전에 이끌리듯
숲을 향해 걸어갔다

사랑을, 그리움을 분배하고
가벼워진 생을 재단해 보는
깊은 사유의 시간 속으로

나를 힘껏 밀어 넣었다

사랑과 이별
삶과 죽음
생의 이분법이
녹음으로 물든 오후를 적시고 있었다

*블루 드 샤넬(BLEU DE CHANEL) : 남자 향수

이별을 팔아 봄을 샀다

우화를 꿈꾸던 너는
꽃상여에 매달려
한 마리 나비로 날아갔다

그 후로 기억이 역류할 때마다
몸 속엔 빙하가 쌓여 갔고
긴긴 시간 깊은 겨울이었다

휘어진 세월 저편에
먼지처럼 켜켜이 쌓인 쓸쓸을
가만히 만져 보다가
생의 저 편을 생각하기도 했다

강물 같은 세월이 몸을 뒤척일 때마다
이별에 갇힌 상흔들이
하얗게 쏟아져 나왔다

강산이 몇 번 출렁이고
꽃이 피었다 지는 이유를 알고 나서
강물의 뒤척임이 고요해질 때

가슴을 짓누르던 빙하가
뜨겁게 용해되고
드디어 나의 문장에도
정맥 같은 첫 줄이 쓰이기 시작했다

눈가의 습기가 마르던 그 해
나는 이별을 팔아
이순耳順의 봄을 샀다

분꽃 피던 밤

소슬바람에
앞가슴 봉긋하게 솟은 분꽃 향기
마당에 부려놓던 밤

열 하고 아홉 살
꽃보다 더 뽀얗게 피던
옆집 정옥이 언니가
여고를 졸업하자마자
서울로 떠났다

초가지붕에 기대앉은 달그림자
깜깜한 골목길로 뛰어들고

손바닥만 한 가방을 맨 정옥 언니는
분꽃 하얗게 분칠하는 저녁
꽃보다 더 흥건하게 젖은
저물녘을 데리고
그렇게 고향을 떠났다

소문은 낭자하게 많은 밤들을
흔들어 놓았다

온 동네 주인 없는 실연失戀들이 밤낮없이
골목을 누비고 다녔다

소문이 동안거에 들 무렵
정옥 언니는 떡두꺼비 같은 아들과
새빨간 세단을 타고 분꽃 흐드러진 밤
바람처럼 돌아왔다

작은 시골동네가 들썩이고
마당에 분꽃들 일제히 출렁이는 밤이었다

봄이 오는 소리

파릇한 소망 몇 개 입에 물고
갓 깨어난 잎새들

아기 손바닥 같은 얼굴
눈이 마주치자 까르르 소리를 냈다

게으른 삶을 깨우는
아가들의 웃음소리

오랫동안 잠자던 내 안의 순수를
깨워 연둣빛 셔츠를 입혔다

원초적 그리움

심장에 돌기처럼 박혀
빼낼 수 없는
이름

명치끝에 매달린
과거를 지우려다

참았던 '울컥'만
뱉어냈다

달

기쁨으로 출렁일 때는
하늘에 뜨고

흐리고
비 내리는 날엔
가슴에 뜹니다

그리워 사무치는 날에는
허공에 뜨고

그대 보고픈 날에는
두 눈 속에 뜹니다

봄날의 꿈

마당 가득
그대 생각 널이 놓았습니다

높새바람 등에 업고
그리움이 촉수를 켭니다

온몸 훑는 봄볕에
애간장을 맡기고
눈을 감았습니다

저만치 오고 있네요
그대
사뿐사뿐
봄의 왈츠를 신고

연두에게 말 걸기

실크 같은 연두 바람
앞가슴 헤집고 들어왔습니다

겨우내 알몸으로 떨던 사시나무
얼굴 가득 화색이 돌 때쯤
얼어붙었던 마음 꺼내
봄볕 내려앉은 빨랫줄에 널었습니다

아기 웃음 같은 햇살
옹알이 같은 바람소리
명랑한 종달이들의 노래

아
녹두꽃 말문 터질 때
연두에게 속삭였습니다
– 이제부터 네 세상이야

꽃의 온도

달빛에 걸어둔 영혼이
눈물로 내려와
밤을 적실 때

수직으로 꽂히는
창백한 언어들
뜨겁게,
뜨겁게 달구어
새벽을 여는

서릿발 같은 삶
서로 기댄 채
찬란히 피워 올린
꽃들의 발화

터널 끝엔 새벽이 있다

나는 과녁이었다

태풍의 눈을 달고
총알처럼 날아오던 이별이
심장을 관통했을 때
내 삶은 벼랑끝에 매달린 촛불이었다

운명이었을까
당신 손을 놓던 그날이

그 후로
무작정 긴 터널 속에 마음을 가둔 채
낡은 필름을 되돌리 듯
천천히 과거를 헤집곤 했다

어떤 날엔
터널 입구에 모인 어스름한 저녁들이
두려웠던 과거를 판독했고
밤마다 쏟아낸 별들의 눈물이
새벽을 데려오기도 했다

그런 날에는
깊이를 알 수 없는 늪을 건너듯
비장한 각오로 내면의 소리들이
튕겨 나와 터널을 달리기도 했다
그 꼭짓점엔
무엇이 기다리고 있는 것일까

살얼음 밟듯
한 발짝 옮길 때마다
친절한 바람들이 봄을 풀어 놓았다

한 걸음
또 한 걸음
형벌 같은 과거를 딛고
빛을 향해 걸어갔다

거기
희망을 잉태한 새벽별
손을 내밀고 있었다

목련꽃 해산

봄볕 아래
그녀가 해산을 하고 있다

묵직한 산고의 신음이
터진 입술 사이로 하얗게 배어 나온다

강보에 쌓인 아가의 볼 위로
봄 햇살 툭

우주가 열렸다

동백꽃 문상

동백꽃 하혈
저 통곡 앞에 고개를 숙인다

박제된 시간을 뚫고 튀어 오르는
낯익은 절규가 허공에 가득하다

떨어진 손등 위에 쓸쓸한 문장을
그려놓고
잘려나간 낱말들을 조각해 본다

너는 애타는 사랑이라 했고
나는 절절한 그리움이라 했다

지상에서 가장 뜨겁고 처연한
이별식

심장 뚫고 발아될
붉은 넋

승천 중이다

푸른, 숨

제3부

아버지의 **운동화**

낯선 여자

잘려나간 과거가
이방인처럼 거울 속에 앉아 있다

뱉지 못한 낱말들을 입에 물고
꽃같이 흐드러질
시간을 찾아 나섰다

과거를 공유한 너는 울었고
슬픔을 건져낸 나는 웃었다

들춰낸다는 것은
광활한 삶 속에 홀로 서서 과거와 맞서는 일
두려움 뚫고 고요가 찾아올 때까지 견뎌내는 일

수십 년
정지된 화면 속으로 손을 뻗었다
우수수
한 움큼 아픈 과거가 쏟아져 나오고
미래에서 온 한 여자
복사꽃처럼 환하게 걸어 나왔다

풀꽃의 진언

질긴 목숨
밟힐수록 더욱 단단해지는

태초에
너와 손잡지 않았다면
지구는 이처럼 푸르렀을까

역행하지 않는 삶
바람에 순응하는 순리를
네게서 배운다

눈 마주쳐 불러주는 작은 관심에
온몸으로 대답해 주는 너

가끔
운명을 비관했을
너의 이름
발아래 앉히고
가만 속울음 듣는다

바다로 간 사람

쓸쓸을 껴안은 바다는
짐승처럼 소리 내어 울었다

영혼이 빠져나간 자리에
손대면 사라지는 거품꽃이 필 때까지

고요가 깊은 곳
그 어디쯤 기막힌 이름 하나
잠들어 있을까

석양은 논개처럼
슬픈 과거를 껴안고
침몰하고 있었다

사랑하기 때문에 떠난다 했던가
밀려왔다 으깨진 파도는
푸른 멍 명치끝에 가둬놓고
추억을 할퀴어 갔다

녹슨 어뢰처럼 부식된 이름
수평선 위로 떠올랐다 사라지고

서러운 낱말들이 출렁일 때마다
갈매기 울음을 빼앗아
고막을 틀어막았다

달빛도 제 그림자에 뒤척이는 밤
포효하는 바다를 쓸어안자
온몸 가득
하얗게 거품꽃이 피어났다

붉은 실

기필코 만나야 하는 인연이 있습니다

주름진 생의 길목 펼쳐놓고
놓지 못할 운명의 끈 찾아
길을 나섭니다

붉은 인연으로 묶여 끊을 수 없는 실
한 올 한 올 그 끝을 따라가면
그대에게 닿는 길이 있습니다

길을 헤매다 어둠이 앞을 막는 날에는
가슴에 박히는 적막한 그리움을 안고
오작교를 건너기도 합니다

태초에 이어진 그대와의 연緣
닿는 길 멀고 험해도
기어이 닿아야만 하는 한 줄기 염원

그대
부디

그 실

놓치지 말아요

손녀와 빼닫이

뻐꾸기 섧게 울어 쌓더만
한 생이 유월의 녹음 속으로 졌다
네 살 된 손녀는
빼닫이를 만지며 뻐꾸기처럼
할머니를 불러 쌓는다
손녀는 워킹맘 대신해
태어나서부터 이모할머니 손에 자라
할머니의 말투를 배우며 네 살이 되었다
말을 배우기 시작하면서
곧잘 재잘대던 손녀는
어느 날 내게 '빼닫이' 하면서
열어 달라고 했다
말을 배우는 중이었으므로
가끔 만나는 나는 손녀와의 대화에
늘 통역이 필요했다
그러나 빼닫이의 발음은
언제나 정확했다
어린 손녀는
생을 놓으신 할머니의 부재를
아는 것일까
영원 속으로 잠길

할머니의 빼닫이를
떨리는 손끝으로 만져보았다
고사리 같은 작은 손이
내 손등 위로 포개졌다

*빼닫이 : 서랍의 사투리

하루

까닭 없이 목이 메는 밤입니다

섧도록 밝은 달빛에
오늘 하루를 털어놓고
잠시 숨을 고릅니다

당신은 어디에 계십니까

내 안에 가득 찬
말로는 형용할 수 없는
그 무엇

벅차기도 했다가
쓸쓸하기도 하고
행복했다가
우울해지기도 하는

가끔은 천둥이 지나가고
눈부신 햇살이 비추기도 합니다

이것이 그리움의 늪이라면

깊이를 알 수 없는 그 늪에서
얼마나 더 헤매어야 할까요

잠들지 못하는
서녘 하늘의 저 별처럼
시린 발로 서서

허공에 손 뻗어
오지 않을 당신의 하루를 만져보다가
또 하루가 지나갑니다

황혼의 빛깔

어쩌자고 너는

벌써 그리 붉었는가

가슴 아직 뜨거운데

계절 닮은

저문 늦가을 오후의 길목에
석양이

마이산 능소화

그대에게 닿는 길 멀고도 높아
천상을 향해 아득한 절벽을 오르네

발등 위로 떨어지는 피 서린 꽃눈물
명치끝 적실 때

돌탑에 새긴 이름 가슴에 품고
하늘로 쏘아 올린 외길 사랑아

목숨 바쳐 피워낸 순정
수천 날별처럼 심장에 박힌 얼굴
처연히 그리다가

잡을 수 없어 삼키던 속울음
불꽃처럼 터트려
애간장 끊어내는 소화 소화야
마이산 능소화야

장마를 판독하다

풀지 못한 물의 암호는
두려움이었을까
상처가 깊을수록
낮게 엎드려 흐르는 이유를 찾기 위해
요동치는 물살을 밟고
몸을 맡겼다
눈을 감자
스파크보다 강렬한 물의 떨림
모로 누운 상념이 포개질 때마다
지구 저편에서 몰고 온 오만이
수위를 넘었다
손가락 사이로 빠져나가는
물의 온도를 감지하지 못하자
뒤척이는 모든 것들은
상처를 내기 시작했다
뱀의 혀처럼 넘실거리는
갈증을 서로 부둥켜안고
짐승처럼 포효하는 몸부림을
가만히 토닥여 주었다
그러자 사슴처럼 순해진 그가
따뜻한 숨을 고르며

세상을 끌어안기 시작했다

암호가 풀렸다

아버지의 운동화

누구의 흔적일까
백화점 진열대에 반듯하게 놓여진
하얀 운동화 한 켤레

한참을 멈춰 서서 분화구처럼 솟구치는
그리움을 소환해 본다

빙판처럼 반질하게 닳고 닳은
낡은 삶 한 켤레
치열하게 살아냈던 한 평생이
툇마루 밑에서 걸어 나왔다

천근이었을까
만근이었을까
어깨에 매달린 삶의 무게

퇴근길엔
병아리 같은 자식들 입에 물릴
단내 나는 과자봉지 손에 들고 오시던,
활처럼 휘어진 등 뒤로
그림자처럼 따라다니던

당신 이름 아버지

달그림자 내려앉은 밤이면
훤히 들여다보이는 해진 밑창이
당신의 마음 같아
남몰래 가슴에 품어 보던 어린 날

이제야 당신의 나이가 되어서
탯줄처럼 이어진 길을 따라가다
반듯한 이정표로 걸어가신 당신을 봅니다

진열대 위에 놓인 운동화처럼
희고 깨끗했던 당신의 생生을

등대

외롭다고 함부로 말하지 마라
나의 임무는
하루 종일
망망대해 홀로 서서
외로움을 온몸으로 견디는 일이다

두렵다고도 말하지 마라
칠흑 같은 어둠속에 서서
길을 잃고 헤매는 너에게
말없이 등을 내어주는 일이다

살다가
삶의 좌표 잃거든
내게로 달려와
밤이 오길 기다려라

비바람 몰아쳐도
다시 솟아올라
마지막 문장을 완성하고야 마는
생의 정점

내 이름은 희망이다

동병상련

뻐꾸기 울다울다 혼절한 날

반쪽 심장 땅에 묻고
뻐꾸기 된 한 여자

꽃 피고 지고
다시 꽃 피면

까맣게 흐르던 그녀의 눈물도
웃음꽃 피울까

멍

시간이 멈춘 베란다 한 귀퉁이
실낱같은 목숨 부여잡고
동백나무 한 줄기 가쁜 숨 몰아쉰다

칼바람 스쳐간 자리
적막한 시간을 데리고
온몸 퍼렇게 홀로 견딘 세월
아물지 못한 흔적들

마디마디 붉은 울음 매달고
먼 길 건너온 동백
너를 안고
따뜻한 햇살 받아 마시면
뭉클한 꽃 한 송이
다시 피워낼까

기억의 문을 열면
폭우처럼 쏟아지는 통증이 있다

푸른, 숨

제4부

오래된 **습관**

가을 그 길 위에서

기다림을 발효시키면
그리움이 될까

기다릴 줄 안다는 것은
거꾸로 매달려
빼곡히 토해낸 날숨 위에
페로몬을 저장하는 거미의 본능 같은 것일까

고뇌를 견디는
저 가쁜 숨소리
헐벗은 계절을 끌어안고
그녀도
허물을 벗는다는 사실을 알고 난 후
나의 바람은 소박해졌다

한때의 오만과
버려야 할 연민을 데리고
한 꺼풀 덧씌운 나이테를 굴리며
길을 걷는다

계절은 허허로이

오후의 바람을 따라
시든 언덕을 지나고 있다

수척해진 나이
또 한 움큼의 삶이 바람 소리에
휘청일 때, 문득
발효된 그대 얼굴 길 따라오면
가던 걸음 멈추고
지상에서 가장 따뜻한 언어로
안부를 묻고 싶다

- 그리운 그대, 오늘도 안녕하신지

대청호에 고래가 산다

대청호에 고래가 산다고 했다

봄볕 능수버들처럼 낭창거리는 날
대청호 오백리 길 따라
고래를 만나러 갔다

수십 년 전 마을의 수호신이 되었다는 고래는
호수 밑 어디쯤 수많은 사연 품고
푸른 꿈을 낳고 있을까

사계절 사람과 풍경이
그림처럼 어우러지는 대청호에
고향 생각 물감처럼 풀어놓고
저 멀리 고래의 꿈 소리쳐 부르면
엄마의 눈길 같은 윤슬 달려와 안기는 곳

내 고향 이야기
물안개처럼 피어오르는 대청호에 가면
푸른 꿈 잉태한 고래 한 마리
먼저 마중 나와 커다란 손 흔들며
웃고 있다

잡채

대나무처럼 뻣뻣한
내 마음을 녹이는데
오랜 시간이 걸렸다

빼곡히 박힌
욕심을 덜어내고
부드럽게 말랑이는 생각들로
버무리기를 반평생

이제야
제 맛을 갖춘 마음 한 접시
식탁위에 올리고
너를 초대한다

천만년을 지켜라 천태산 은행나무여

내 고향 충북 영동
금강을 따라 융융하게 흐르는 물결 위로
은빛 윤슬 꽃무늬로 아롱지는 곳

그 길을 따라 발길 옮기면
충북의 설악이라 불리는 천태산에
영국사 정기 품은 은행나무 한 그루
천년의 세월을 딛고 올곧게 서 있다

흔들리지 않는 뿌리로
천 개, 만 개 가지를 뻗어
새 생명 잉태하는 위대한 사랑

나라에 어려운 일 있을 때마다
신문고처럼 소리 내어 울었다는
저 장엄한 수호신

폭풍우 몰아쳐 온몸 흔들리고
폭설이 온 산 뒤덮어도
삶의 고비마다 인내한 흔적
하늘과 땅으로 뻗었구나

>

천년 세월을 견뎌낸 천태산 은행나무여
천년의 숨결로 천만년을 울어라
천년의 정기로 다시 천만년을 지켜라

영동 아가씨

1
월류봉 푸른 달빛 아래
충북선 기적소리 목놓아 울던 밤
돌아온다던 언약
여섯 줄 거문고 가락에 새겨 놓고
떠난 사람아
운명처럼 시작된 우리의 사랑도
흘러간 세월에 목이 메고
달그림자에 어리던 얼굴 다시 그리워
사무치는 이름 강물에 띄워 놓고
오늘도 월류봉 달빛 아래서
그 언약 기다리는 영동 아가씨

2
감꽃 피는 거리에서
꽃목걸이 걸어주던 그날 밤
돌아온다던 약속
추억처럼 매달린 감꽃 이미 졌는데
소식 없는 사람아
운명처럼 시작된 우리들의 사랑도
흘러간 세월에 목이 메이고

달그림자에 어리던 얼굴 다시 그리워
사무치는 이름 품에 안고
오늘도 감나무 아래서
그 언약 기다리는 영동 아가씨

가을 손님

달도 기우는 밤
뜻밖에 찾아온 손님

해바라기 씨앗처럼 빼곡한 울음 달고
계절을 건너 아파트 10층까지 찾아와
목놓아 우는 귀뚜라미

낯익은 통곡을 방안에 가두고
뼛속까지 박히는 절규를
나누어 가졌다

말하지 않아도 알 수 있는
서로의 속내
창틈을 사이에 두고 마주 누워
울컥울컥 토해내는 쓴물

위로는 충분했다
네가 내게 온 까닭은
함께 울어주기 위해서였으므로
서로의 등을 토닥이기 위해서였으므로

계절 야위어 다시 또 너 떠나면
그 자리 하얗게 겨울 꽃 피겠다

눈물 꽃 흐드러지겠다

바람과 억새

서로 부대끼던 미련
억새꽃으로 핍니다

흔들려야
서로의 존재를 증명할 수 있는
너는 바람
나는 억새

바람을 사랑한 억새
온몸으로 웃는 것이라며
목젖이 휘도록 따라 웃던

들녘이 하얗게 머리를 풀고
황혼의 언덕을 밟을 때
한 움큼 쥐어보는 미련
속절없는 헛헛

낭만과 쓸쓸이 한몸 되는
너와 나의 계절 속에서
목놓아 흔들리는
으악새 한 마리

곶감을 먹으며

어떤 사랑을 받았기에
발가벗은 몸으로
엄동설한 견뎠을까
달큰한 분내로
유혹하는 너
발목을 잡는 홀딱에
꼴깍 침 삼키며
은밀히 내통하는 달달한 키스
종횡무진 입속을 핥으며
오감을 자극하는 난이도 상上의 유혹
멈출 수 없는 손길로
너를 탐한 죄

무죄

낙엽

고래등 같은 집을 짓고
푸르게 살던 이름

얇은 11월을 덮고 거리에 누웠다

베옷으로 갈아입은
갈잎

새털 같은 몸으로
영면에 들다

사랑의 흔적

불덩이를 덥석 물었다

삼키지 못하고
뱉어 낸 전율

심장에
커다란 화상 자국만 남겼다

오래도록 회복되지 못한
아린 자국

회상

처마에 웅크린 바람을 깨워
단풍 같은 세월을 끌어안고
동그랗게 벗어 놓은 기억을 찾아
길을 떠납니다

참새 떼 아침잠을 깨우면
어머니의 장독대 곁에
키 작은 채송화 말간 얼굴로 웃어주고

상냥한 햇살
보드라운 바람의 입김
다정한 새들의 노래
오수를 즐기던 집 앞의 키 큰 미루나무

흰 구름 따라 커져만 가던
살구빛 내 유년의 윗목이 걸어옵니다

깡통차기 말타기 고무줄놀이
골목대장 호령 잦아들고
땅거미 내려앉으면
'내 강아지' 하고

부르시던 어머니
그 품에 안기면 채송화로 피던 아이

밤마다
툇마루에 걸터앉아 마당에
쏟아지는 별빛을 줍고
가난한 문장에
푸른 꿈 그려 넣었던

뜨겁게 번져 오르는
봉숭아 꽃물 같은
내 유년의 길목

오늘은
할미꽃같이 쇠잔해진 머리맡에
걸어둡니다

내일로 가는 기차

늘어진 하루를 데리고 역으로 간다

아물지 못한 어제를 잡고
구멍 난 생의 한 귀퉁이를 깁기 위해
껴입은 과거를 훌훌 벗어 던졌다

수많은 사연이 모여든 대합실엔
손을 놓고 돌아서는 오늘과
손을 잡고 잇닿을 날 기다리는 내일이
빠르게 문을 여닫고 있었다

어디로 갈까
이별을 세워놓고
갈 곳을 정하지 못한 오늘이
까맣게 졸고 있는 안내 전광판을
기웃거린다

눈발 성성한 머리카락 쓸어 올리며
굽은 허리 곧추세우던 할머니
작은 보따리를 아기 안듯 가슴에 품고
또랑한 목소리로 목적지를 호명하고 있다

대전발 0시 50분* 케이. 티. 엑스
한 장 주세요

순간 온몸에 기생하던 무기력이
당당한 할머니의 입속으로 허리를 굽히자
시래기같이 처지고 뒤틀린 몸속에서
신기루 같은 파란 걸음이 뛰쳐나왔다

곧추선 할머니의 삶 속으로
재빨리 편승한 걸음은
어깨에 각을 세우고
또각또각 목적지를 향해
걸어가기 시작했다

플랫폼에는 미래로 가는
기적소리가 기적 같은 숨을 뱉고 있었다

* 대전 부르스 노래중에서

오래된 습관

낮익은 목소리 듣고 싶어
밤마다 무릎을 꿇어도
나의 기도는 아득한 과거 속에서
그림자로 누워 있다

기도가 氣道를 폐쇄하던 밤
벼랑 끝에 선 침묵은
병상에 길게 누워
간절함을 삼켜버린 채
오래도록 입을 열지 않았다

훌훌 벗어놓으려는 생을 잡고
남은 생을 반으로 나누어 달라고
엎드려 죄인처럼 빌던 밤

시간이 정지된 그 곳에서
일그러진 염원을 다시 일으켜 세우며
난생처음 절박했던 기도

그러나
그것으로 충분했다

\>

들국화 속살 같은 하얀 웃음이
섬광처럼 선뜻 비춰 지나가고
지상에서 가장 뜨거운 마침표를 나누었다

그 후로
총총한 밤이면
별들이 토해 놓은 그리운 언어를 끌어안고
오랫동안 무릎을 꿇곤 하였다

푸른, 숨

제5부

사랑의 과거형

새살 돋아난 자리

기적을 바라는 것은 아니었어
흑색의 시간이 지나가길 기다렸을 뿐
마루 밑으로
새빨간 대낮이 돌아간 후
어둠에 갇혀 있던 생각들이
꼬리에 꼬리를 물고 나왔어
달려 나온 꼬리는
신부의 드레스처럼 희디희었지
애초부터 꼬리는
흰색이 아니었어
몰고 온 검은 기억들이
바닥으로 가라앉을 때
쓸쓸했던 과거를 용서했던 것이었지
스폰지처럼 스며들다 번지는
기억들을 자루에 담았어
팽팽하게 부풀어 오른 자루 안에서
부시게 웃으며 나오는
너를 보았지
수천 날이 흐르고
절망이 밀려간 자리에
하얗게 돋아난 너의 그림자

나비의 꿈

태풍이 밀려간 자리에
날개 접은 나비 한 마리
잡으려 했던 생의 한 모퉁이가
발버둥 치고 있다

젖은 날개를 퍼덕일 때마다
더욱 깊게 파이는 상처

피다 만 꽃잎 속에 갇혀
좌절이 역류할 때마다
가만히 숨 고르는 법을 배웠다

세상은 다시 꽃을 피우고
무너진 둑 사이로 햇살 한 줌
환하게 웃을 때

젖었던 삶의 모퉁이를 펼쳐
부시게 펄럭일 빨랫줄에 걸어 놓았다

상처를 버리다

하늘로 이사 가신 지 삼 년
어머님의 생을 정리하기 위해
오남매 자식들 모여
생전에 사시던 집으로 향한다

이별의 언저리에
바람만 소리 없이 뒤척이고
흐드러진 망초대
홀로 빈집을 지키고 있다

현관문을 비집고
축축하게 베어 나오는
어머님의 생전生前

손때 묻은 장롱을 열자
생의 갈피처럼 접힌 바지 주머니 속에서
한 마리 나비가 날아오른다

상표도 뜯지 않은,
목단꽃 접시를 달그락거리던
작은 시누이의 손등을 타고

하염없이 흘러내리는 그리움

어머님의 생애를 와락 끌어안는다

빛바랜 추억 속에 서서
망초대를 바라보다
깊게 응축된 울컥을 앞세워
돌아서 오는 길

가끔은 웃고 울었을
그녀의 생을 곱게 펼쳐
노을 속으로 밀어 넣고

버려야 할
내안에 가득한 상처를
드디어 꺼내기 시작한다

가을의 품격

조락凋落의 이유를 알기 위해
수천수만 번의 문장을 고쳐 써야 했다

그림자마저 허둥거리던 오전
궤도를 이탈했던 삶에
여백을 새겨 넣고
오만을 겸허로 채워야 할 오후

소리 없이 바람은 속도를 높이고
고엽을 준비한 계절은
사색의 끝에서
촘촘히 짜 놓았던 생의 끈을
순하게,
순하게 내려놓고 있다

지천에 흐드러진 풍만이
안으로 출렁이는 시간 앞에서
계절 닮은 이순耳順,
가을이라 쓰고
품격이라 읽는다

첫눈 오는 날

어느 별에서 온 소식이
서리도 반가울까

하늘에 모여 사는
그리운 사람들의 안부가
지상으로 내려오고

지구 한 모퉁이에서 보낸
애틋한 눈빛 하나 날아와
심장에 닿는 날

하늘 아래
뜨거운 진동 전해졌다

너를 만나
첫눈에 반한 그날처럼

서핑의 맛

수천수만 번 쓰러지고 나서야
파도를 다스리는 법을 배웠다

넘어지고 부서져도
한 쪽으로 기울지 않는
고도의 평정심

외줄타기 같은 삶
황혼이 되어서야 알게 되는
인생의 참 맛

고철

단물 빠져 나간 자리에
삐걱대는 삭신만 남았네

자식들 뒷바라지에
앙상한 뼈 마디마디

밤마다 아무도 몰래
혼자 버스럭거렸을
엄마의 무릎

철길

지척에 두고도
영원히 닿을 수 없는
너와
나의
거리
사무치는 평행선

버팀목

얼마큼 더 자라야
당신의 상처 아물까요
버티고 서 계신 온몸에
헐고 또 헐어
핏물 흐르는데
일생을 시린 발로 서서
다 큰 자식들 보듬고 계시는

어머니

그 사람

하루를 마감하는 시간이면
기도문을 외듯 그리운 사람들의 이름을
달력에 적힌 숫자처럼 나열해 봅니다

엄마, 아버지, 오빠, 언니
아들 딸 손자 손녀
그리고 친구들의 이름

그 끝을 따라가다 보면
손상된 레코드판처럼
뱅뱅 도는 이름 하나 있습니다

아끼고 아껴 두었던
그러나 끝내 부르지 못하고
입속에서 부서지고 마는

사랑의 과거형
그
사
람

상사화 꽃말

이루어질 수 없는 사랑이라 했다

까닭을 모른 채
먼저 와 기다린 죄로
온몸에 열꽃 피었다

수천 번 피고 진 채로
뜨거운 사막에 서서
달팽이 같은 세월을 견뎌야 했다

한 세상
애타게 부르는 이름

붉어진 속눈썹 사이로
뭉글뭉글 무리지어 핀 소망
연연히 펼쳐놓고 쓰다듬어보는 숙명

떠나고 나야 오는가
정녕

사진 속 풍경

세월이 흘러도 변하지 않은
박제된 얼굴 하나
붙박이처럼 앉아 있다

가슴에 박힌 별 하나
너무 아파서
정지된 사연을 끌어안고
가만히 손 내밀면

박하향 같은 슬픔
사진 뚫고 걸어 나온다

매미

일생이 절창絶唱이다

사랑에 바친

시절 목숨

문힘시선 032

푸른, 숨

발행일 2024년 7월 20일

지은이 이주영
펴낸이 이순옥

펴낸곳 도서출판 문화의힘
　　　 등록 364-0000117
　　　 주소 대전광역시 동구 대전천북로 30-2(1층)
　　　 전화 042-633-6537
　　　 전송 0505-489-6537

ISBN 979-11-986387-6-2 (03810)
ⓒ 이주영 2024
저자와 협의로 인지는 생략합니다.

대전문화재단　　　　　　　　　　|값 11,000원|